arc-en-ciel
cascade

Une amitié difficile

Texte de Jean-Côme Noguès
Illustrations de Morgan

RAGEOT • ÉDITEUR

Collection dirigée par Caroline Westberg

ISBN 2-7002-2678-X
ISSN 1142-8252

Le parc zoologique

Dans le parc zoologique d'une grande ville, des animaux venus des quatre coins du monde étaient heureux, ou croyaient l'être.

Sur ce tout petit carré de terre, ils avaient oublié la faim et la soif.

Ils avaient oublié la peur qui permet d'échapper à l'ennemi aux aguets. Sans cette peur, une vie est bien courte dans la savane ou la forêt.

Mais ils avaient oublié aussi la liberté des grands espaces, les longues galopades dans les herbes sauvages, les sauts de branche en branche ou la traversée des rivières à l'époque des fortes eaux.

Le crocodile bâillait au bord d'une flaque croupissante.

L'éléphant, qui a fort bonne mémoire pourtant, se balançait avec philosophie de droite à gauche, de gauche à droite, en mâchouillant des croûtons.

La girafe ne se souvenait plus qu'elle avait dressé souvent la tête pour se régaler des épines d'un acacia. Elle se tordait maintenant le cou par-dessus le grillage et, d'une langue longue et bleue, dévorait un parterre de géraniums.

Mais si certains étaient heureux ou croyaient l'être, d'autres n'acceptaient que difficilement leur captivité.

Une cage trop petite

On avait réuni dans un enclos aussi fermé qu'une cage un goéland et un jeune chamois.

Cent fois par jour, le goéland prenait son envol et cent fois, il se heurtait au filet comme à un toit infranchissable.

Cent fois par jour, le jeune chamois se juchait sur un tronc d'arbre renversé au centre de l'enclos. Il se tenait là, l'oreille en alerte, ses quatre petits sabots accrochés à ce qui restait d'écorce au vieux bois. Et puis, d'un saut, il retombait sur le gravier triste de sa prison, tandis que resurgissait en lui une envie de montagnes.

Il y avait pourtant un moment que les deux captifs aimaient. C'était lorsque les derniers visiteurs quittaient le parc. La nuit, en approchant, apportait du mystère.

Dans l'ombre qui s'épaississait, les barreaux et les grillages semblaient disparaître. La ville devenait moins bruyante. Alors le goéland et le chamois pouvaient rêver.

– Je me souviens de l'océan, disait l'oiseau.

Je me souviens de l'écume au bord des vagues.

Je me souviens du flot quand la marée monte, du tourbillon des eaux quand viennent les tempêtes et de la mer étale, les soirs d'été…

– Moi, je me souviens de peu de choses, car je suis né au printemps dernier, répondait le chamois. Mais je me souviens des névés qui restent sur les pentes, des ruisselets, des fleurs…

Les fleurs ! Il y en avait partout ! Des sucrées, des amères, d'autres acidulées ! … Je me souviens de l'odeur des sapins après la pluie.

Il ne poursuivait pas. À quoi bon ? Il était si loin, le parfum des montagnes ! De l'écuelle montait l'odeur désagréable d'une sardine oubliée mêlée à celle du foin depuis trop longtemps coupé.

L'évasion

Au fil des jours, au fil des nuits, l'amitié grandit entre les deux bêtes. Malgré la cage, malgré les bruits de la ville et l'ennui des heures trop longues, il leur venait parfois comme un bonheur d'être ensemble.

Le gardien ne les surveillait guère. Il avait d'autres soucis. Le tigre se mettait dans des fureurs imprévisibles. Les ours essayaient d'escalader les parois de leur fosse. La girafe, si on l'avait laissée faire, aurait happé jusqu'au dernier géranium.

Tous les soirs, le gardien faisait sa tournée pour remplir les auges d'eau fraîche. Un soir, il sortit de la cage en fixant mal le crochet de la porte.

Les deux amis profitèrent de l'occasion. Et ils se glissèrent au-dehors, chacun retrouvant la prudence inquiète du temps où il vivait en liberté.

Ils écoutaient le silence et les mouvements des ombres. Les souffles de la nuit leur disaient les dangers à éviter, les chemins à suivre.

À l'entrée du parc, ils se séparèrent. Ivre d'impatience, le goéland s'envola. Il monta à grands coups d'ailes plus haut que les arbres, plus haut que les toits. Il avait tout le ciel pour lui, toute la nuit éclairée au-dessus de la ville. Et puis, très vite, il retrouva l'obscurité des champs.

Libres !

Dans la ville endormie, le jeune chamois ne fit pas plus de bruit qu'un rayon de lune. Il longea un grand fleuve, trotta le long de quais interminables, jusqu'au moment où des arbres remplacèrent les maisons.

Au petit matin, il fut dans la campagne, le cœur rempli de joie, mais aussi d'inquiétude.

Dans les prés en pente douce, au bord de l'eau, des vaches le regardèrent passer avec des airs étonnés.

Lui ne regardait rien ni personne tant il avait peur de ne pas retrouver son compagnon. Il s'arrêtait parfois et pointait le museau vers les nuages.

Il attendait pendant une minute ou deux et puis il repartait, du souci plein le cœur.

Le soleil venait d'apparaître quand il vit le goéland survoler le fleuve et se poser près de lui.

– Enfin ! chevrota-t-il.

– Allons au bord de l'océan, lui proposa l'oiseau. Je suis sûr que tu t'y plairas. Au creux des rochers pousse une herbe salée dont tu me donneras des nouvelles. Du haut des falaises, tu découvriras ces belles tempêtes dont je te parlais. Et puis tu verras comme c'est bon de dormir sur le sable chaud !

Il ne disait pas que c'était surtout lui qui avait envie de retrouver tout cela. Mais il mit tant d'enthousiasme au bout de son bec que le chamois accepta d'aller vers l'océan pour rester avec son ami.

– Tes falaises sont-elles hautes, au moins ? s'inquiéta-t-il pourtant avant de se remettre en route.

– Oh ! Pour cela, oui ! affirma l'oiseau.

Au bord de l'océan

Ils allèrent donc au bord de l'océan.

Dès leur arrivée, le goéland ne put résister à l'appel du large. Il partit avec ses frères à la rencontre d'un chalutier qui rentrait au port.

Sur le pont, les pêcheurs triaient les poissons, rejetant par-dessus bord le menu fretin qui ne leur convenait pas et que les oiseaux attrapaient au vol. Quel bon déjeuner fit, dès ce premier jour, le goéland !

Pendant ce temps, le petit chamois essayait de s'habituer à son nouvel environnement. Mais la paroi rocheuse n'était pas franche sous le sabot. Le moindre faux pas entraînait un dangereux éboulement. Les herbes étaient sèches et dures. Sur les récifs, les goémons avaient une odeur surprenante.

Les jours passèrent dans une morne solitude pour le petit chamois. Quand le goéland revenait, la plume blanche et l'œil aussi clair que l'eau marine, il trouvait son ami réfugié dans une grotte que menaçait d'envahir la marée montante.

– Tu as l'air triste, petit chamois.

– Mais non ! Mais non ! Je t'assure ! Je suis content d'être ici.

– Je vois bien que ce n'est pas vrai, répondit un soir le goéland. Je vois bien que tu regrettes tes montagnes. Et je t'ai un peu abandonné depuis notre arrivée. Excuse-moi.

Le chamois se tenait pelotonné au fond de la grotte obscure. Il semblait fiévreux et il profita de ce qu'il avait le museau entre les pattes pour pousser un soupir. Le goéland l'entendit.

– Allons dans tes montagnes, proposa-t-il. Partons tout de suite, sans nous retourner.

En haut de la montagne

D'un bond, le petit chamois fut debout, prêt à courir jusqu'aux Alpes. Ils y arrivèrent un matin, quand les sommets, voilés de mauve, sortaient de la nuit.

– Regarde, goéland ! Regarde !

Le soleil frappait les neiges éternelles.

Sans attendre, le chamois escalada la pointe d'un rocher. Il trotta, il sauta. Il franchit des éboulis, dégringola les versants. L'air se parfumait de fleurs nouvellement écloses, d'herbe fraîche, de neiges fondantes et d'eaux vives. Un régal ! Un vrai régal !

Un bonheur pour le petit chamois qui retrouvait ses montagnes.

L'oiseau le suivait, les ailes ouvertes toutes grandes. Parfois, il planait au-dessus de la vallée. La mer des alpages était verte et figée, même si l'ombre des nuages, en glissant sur elle, la faisait parfois ressembler à l'océan.

Quand le chamois entra dans une forêt de mélèzes aux branches enchevêtrées, son ami aux ailes trop longues ne put le suivre. Il alla se poser sur une souche et attendit longtemps, longtemps, jusqu'à ce qu'une tristesse s'ensuivît. Et puis, la faim le poussant, il déjeuna d'une truite dont la fadeur lui noua le gésier.

Le chamois revint de sa course avec des senteurs de résines dans son pelage ébouriffé.

– J'ai tant brouté dans l'alpage au-dessus de la forêt que je suis un peu ivre ! s'écria-t-il.

Le goéland ne bougeait pas. Ses pattes palmées n'étaient pas faites pour marcher dans l'herbe. Ses ailes entrouvertes traînaient à terre.

– Tu es malheureux, ici, dit le petit chamois.

– Mais non ! Je suis très bien. J'ai réussi une belle pêche… Et j'ai découvert un lac qui m'a paru… immense.

– Ne te force pas à mentir. Tu ne peux pas vivre dans mes montagnes. Pas plus que moi je n'ai pu vivre au bord de ton océan.

– Je le crains, reconnut l'oiseau à regret.

– Alors séparons-nous. J'aime mieux te savoir heureux loin de moi que malheureux à mes côtés.

– Mais nous sommes tellement amis !

– Est-ce que l'amitié ne peut résister à l'absence ? Je ne veux pas être égoïste au point de te garder.

– Tu as raison. Je crois qu'il faut que je parte. Mais sois sûr que, partout où j'irai, tu seras avec moi.

– Oui. Toi aussi, tu seras toujours avec moi. Adieu, goéland.

– Adieu, petit chamois.

Amis pour toujours

L'oiseau des mers s'envola. Le chamois regarda longtemps ce point d'argent qui fuyait vers l'ouest, qui s'éloignait de lui et qu'il n'oublierait pas.

Quand il baissa la tête, il découvrit sur l'herbe une plume blanche que le vent emportait déjà.

Bientôt, il n'y eut pas une plume, mais deux, mais cinq, mais trente, mais trente mille. La montagne, pour mieux se souvenir de l'ami envolé, prit en quelques minutes la couleur du goéland.

Et tomba la première neige.

Dans la même collection

arc-en-ciel cascade

Un affreux petit diable
Texte de Gilles Fresse
Illustrations de Camille Meyer

Une amitié difficile
Texte de Jean-Côme Noguès
Illustrations de Morgan

Animal Circus
Texte de Jean Alessandrini
Illustrations de Sophie Kniffke

Boniface roi de la casse
Texte de Paul Thiès
Illustrations de Thierry Christmann

Une grosse dispute
Texte de Geneviève Senger
Illustrations de Thierry Christmann

L'homme à la veste à carreaux
Texte de Catherine Missonnier
Illustrations d'Anne Bozellec

Dans la même collection

arc-en-ciel cascade

J'adore les anniversaires
Texte de Stéphane Daniel
Illustrations de Sophie Kniffke

Lulu est trop curieuse
Texte de Nadine Walter
Illustrations de Isabelle Dejoie

Pagaille à la cantine
Texte de Amélie Cantin
Illustrations de Thierry Nouveau

Plumette une poule super chouette
Texte de Anne-Marie Desplat-Duc
Illustrations de Morgan

Une sorcière pas comme les autres
Texte de Monique Hion
Illustrations de Anne Bozellec

Tonton la Bricole
Texte de Christian Grenier
Illustrations de Christophe Besse

Achevé d'imprimer en France
sur les presses de l'Imprimerie Moderne de l'Est
25110 Baume-les-Dames
Dépôt légal : Octobre 2000
N° d'impression : 13833
N° d'édition : 3492